V.MARGY

LE VOYAGE DES MAUX

Recueil de poèmes

Ce recueil de poèmes comporte des passages susceptibles de heurter la sensibilité du lecteur ou de réactiver des souffrances émotionnelles.
Pour public averti.

ISBN : 978-2-9587294-5

Toute reproduction sous quelque forme que ce soit, partielle ou totale, est explicitement interdite sans l'accord écrit et préalable de l'auteure.

Le Code de la propriété intellectuelle et artistique n'autorisant, aux termes des alinéas 2 et 3 de l'article L.122-5, d'une part, que les « copies ou reproductions strictement réservées à l'usage privé du copiste et non destinées à une utilisation collective » et, d'autre part, que les analyses et les courtes citations dans un but d'exemple et d'illustration, « toute représentation ou reproduction intégrale, ou partielle, faite sans le consentement de l'auteur ou de ses ayants droit ou ayants cause, est illicite » (alinéa 1er de l'article L. 122-4). Cette représentation ou reproduction, par quelque procédé que ce soit, constituerait donc une contrefaçon sanctionnée par les articles 425 et suivants du Code pénal.

Crédit image 1ère & 4ème de couverture

d'après le tableau 100 x 100

« Octobre » d'Anne-Catherine Favier

https://www.annecatherinefavier.com

© V.MARGY / 2023

B.P. 7
14330 LE MOLAY-LITTRY CEDEX

CONTACT
v.margy.auteure@gmail.com

Dédicace

Avec toute mon encre sympathique

Mais si, sans se laisser charmer,

Ton œil sait plonger dans les gouffres,

Lis-moi, pour apprendre à m'aimer

Charles Baudelaire

Parce que les maux dans leur douleur, lancent un cri

Parce que les mots de leurs couleurs, appellent à la vie !

V.MARGY

PRÉ-AMBULE

Ici, je vous délivre ces poèmes écrits pour les premiers en pleine adolescence. Prémices d'une période sombre. Âgée d'une vingtaine d'années, je me verrai prescrire des antidépresseurs assortis d'un arrêt maladie d'un mois.

« Pas un instant, je n'imagine alors que ces trente jours dureront des années. Treize années où à chaque réveil, mes paupières trébuchent sur cette première pensée : « Je veux mourir ». Même si rêves, délires m'éloignent de la réalité, vaillants petits soldats, ils combattent l'armée des « Je veux mourir » ! *

Trente ans plus tard, c'est cette armée que j'ai affrontée en prenant le temps de décrypter, de retranscrire chacun de ces poèmes, en respectant les émotions, les messages de cette jeune femme en construction. À remplir cette mission, je n'ai pu m'empêcher d'avoir de la tendresse pour elle, j'espère que vous en éprouverez, vous aussi.

Ce « Voyage des Maux » m'a menée sur le chemin abrupte de la résilience, entre lignes et rimes, parcourez ses méandres.

Même au-dessus des nuages les plus sombres, brille le soleil !

* Extrait du tome I de PAR EFFRACTION

Le Voyage des Maux

Un simple mot écrit peut trahir
Au risque de souffler le verbe mourir.

Que deviendrait un témoignage posé en suspend sur un lit de paroles ? Je fouille dans les paysages les traces que le vent a semées au pôle.

Un simple mot écrit peut trahir
Au risque de frôler le verbe mourir.

Le présent incertain des poètes se noie happé par l'appel béant du gouffre, y tourbillonnent les muses d'artistes égarés, qui silencieusement souffrent.

Un simple mot écrit peut trahir
Au risque de conjuguer le verbe mourir.

Sur cette partition j'encre mots, entre confidences clandestines et serments, je livre et me délivre nue de ma peau, sauve mon esprit de l'enfermement !

Un simple mot écrit peut s'affranchir,
Fendre le miroir et libérer le verbe mourir.

PORTE I

NI SERRURE NI ISSUE

Le Chant de la Vie

Ne chante pas la vie

Si elle te sourit

Regarde en face

Ce monde de glace

Le Jugement

Moi qui me croyais à l'abri de tout
Moi qui me pensais invulnérable
Prise au dépourvu devant la fable
Mes mots s'enlisent de tabous.

En proie au spleen diluvien
Courage pulvérisé d'un geste,
La maudite et insaisissable peste
Crible mes plaies de va-et-vient.

Moi qui pensais ne pas décevoir
Ni Dieu, ni vous, ni la lune,
Mes regrets assoiffées d'infortune
Lapent le fond de l'abreuvoir.

Ne voyez pas en ces mots
Qu'une excuse pitoyable
Voyez-là juste l'effroyable
Aveu de mes maudits maux.

Ici, c'est le jugement
De quelqu'un qui sait
Qui s'enfonce, qui le sait
Ici, c'est mon jugement.

MA … VIE…

Gouffre béant de désespoir. Seule,
Engloutie de déceptions acérées
De rêves cauchemardesques. Seule,
Prison dorée, vivante incarcérée.

Refuge éperdu dans le mensonge
Famille disloquée en héritage,
Retranchée derrière les songes
Ne pas céder à l'ignoble chantage.

Pensées troubles, noyées d'alcool
À la limite du déraisonnable
Immergées d'illusions folles,
Assommée est la réalité coupable.

Au volant d'une épave entêtée
Éclair endiablé sur la route
Surfant sur la ligne blanche al dente,
De facto mourir dans la déroute.

Ma vie, un éboulis d'éclats de miroir
Un puzzle démembré de photos jaunies
Où s'entassent moroses dans un tiroir
Vingt-trois années de tsunami.

LA MONTAGNE A SA RAISON

Homosexuelle et dépréciée
Traversée d'un obscur couloir,
Sur un chaise d'acier
J'en broie du noir.

Fenêtre
Ouverte
Le Mont-blanc,
Accablant.

Premier étage
Les dames du salon
Sans complexe se partagent
L'inutilité du temps vagabond.

Route goudronnée
Damnée
Se dérobe
Sous le globe.

Homosexuelle en dépression,
Je me drape de spleen et de noir,
La montagne a toute ma raison,
Le Mont-blanc terrasse mes espoirs.

Tristesse & Larmes

Tristesse et larmes

Cafard et pleurs

Seule

Dans une grande maison,

Seule

Deux chiens

Deux oiseaux

Notes de musiques

Rengaine d'un slow

Le regret

De vivre ça

De voir ça

Le regret pour eux

De me laisser vivre ça

De me laisser givrer, là

Seule

J'ai mal, ils me font mal

Ne me voient pas

Ne veulent pas voir ça

Oublier

Faire semblant

Comme si… de rien n'était

Et je n'étais plus…

Néant

J'ai peur
De moi
Des autres
De la vie
Des autres.
Je n'ai pas vieilli
Je n'ai plus d'âge
Dans la peine
Grandir
Dans la vie
De la vie
Et là
D'un seul coup
Plus rien
Le noir
Le vide
Tristesse et larmes
Cafard et pleurs
Seule
Dans une grande maison
Seule
Seuls
Deux chiens
Deux oiseaux.

IMAGES

Je pense – agis différemment –

Remplacer l'alcool, choisir un dérivatif moins nocif –

– Résultat

Les deux sont consommés

¿ Pourquoi ?

¿ Auto-destruction

¿ Auto-mutilation

¿ Auto-punition

Peur

De quoi ? De quel droit ?

¿ Questions et Questions ?

Je pense et agis différemment _

¿ Pourquoi ?

Peur de ne pas y arriver ?

Où sont les risques ?...

Se dessine le mot risque... sans images

– Des images...

Sauter dans le vide
Cette image-là
Vide insondable, tourbillonne
Couleur ?
¿ Du noir ?
Tomber dedans, sensation de bien-être
Rassasiant est le vide
Image du nuage volatile, silencieux...
Je pense, ne cesse de penser
Pas le temps d'agir
C'est voulu...Mais par qui ?
Je pense _
Arrêter de penser
Mais comment mon Dieu, comment ¿
Pas de Dieu pour ça.
Mais c'est ma vie, il en va de mon équilibre
Que je fasse enfin le vide...
Agir, ne pas penser ¿ Vivre ?

Tout cela n'est qu'amas de questions
Tout cela est à prendre sans condition
Tout cela me plonge dans l'indifférence
Tout cela me sauvera-t-il de la démence ?

Ni Serrure Ni Issue

Je paresse dans mon lit,
Sous la couette en ermite,
Blottie dans la mélancolie
Fugue la réalité en kit.

Je sors de la chaleur de mes draps,
Embarrassée, l'humidité végète
Je m'habille de ce fébrile état,
Dans cette torpeur, je me jette.

Pas de clé sur la porte
Pas de verrou non plus
Ni serrure ni issue
Y-a-t-il seulement une porte ?

Étaler mon feuillage d'or
Caressé de soleil il dort,
Jour ordinaire
Enfermée à ne rien faire.

Maladie Mélodie

Maladie, pourquoi faut-il que tu me ronges
Jusqu'au plus profond de mes songes ?
Aucune peur de mourir, juste de souffrir.
Si par hasard ma douleur te fait sourire
Méfie-toi, je pourrais me révolter
Te combattre et recouvrer la liberté.
Chaque nuit d'horribles cauchemars,
Que cela cesse, jetez les amarres !
Déserter ce plumard qui me retient
En un otage dépourvu de destin.
À l'approche de l'embarcadère
Laisse-moi happer une bouffée d'air,
Impitoyable bras de fer, sans préavis
Plus j'approche de la mort, plus tu vis.
Avant... revoir mes parents, mon frère,
Mon Dieu, accorde-moi cette prière...

La Dame en Blanc

Par la porte vitrée elle sort
Suit un couloir dallé de noir
Le jour elle lutte contre la mort
Laisse échapper sa douleur le soir.

La Dame revêtue de blanc
Veille et s'inquiète de nos maux.
La Dame en blanc parfois s'arrête
Regarde sans un mot son jumeau
Il se débat avec la mort.

La Dame en blanc
Accompagne pas à pas
L'être qui s'endort.

La porte
Dénicher la sortie
Un parking désert, une clé
S'engouffrer dans la voiture
Fermer la porte.
Journée passée
Arrière-goût de vomis
La nuit perfide l'ancre à ces sépultures.

Triste Aurore

À terre, tête basse

Je rampe vers l'enfer

Main basse sur la lampe

Étreinte sans lumière

Marée basse

Empreinte

D'une prière sans parloir

À l'aurore, marée noire

Le soleil mord son enfer

S'endort dans l'heure

Sempiternelle rengaine

Le sablier et sa ritournelle

Égrainent les temps oubliés.

CRUEL VOYAGE

A l'intérieur de mon mur
Blessures
Béantes
Plus ça va
Plus je m'enfonce
– Impression –
D'heurter le fond
Aux senteurs d'océan
Aux parfums volatiles
Aux goûts de spleen
Ne plus manger
– Douce souffrance –
Ingurgiter, rendre
Amère agonie
Un corps qui refuse
Son existence
– Le méprisable –
Il dérouille

Être encore

– Déliquescence –

Sans être aimer

Sans être reconnue

Reste à mourir ?

Fuir encore

Une vie sans foi

Je sais bien que demain

– Si –

Je daigne me relire,

J'y trouverai à redire,

– Oh ! déplorable Spleen –

Mais ce soir

Vague à l'âme

Dans mes pensées moribondes.

Est-il parfois nécessaire

De plonger dans le gouffre

Pour en ressortir vivante ?

CE JOUR – LÀ

PORTE I

C'est certain tu la sens qui rode
Maligne elle insiste à ta porte
Frappe jusqu'à la moelle
Malgré l'attrait tu résistes
Dans tes oreilles résonne
Le bruit de ces coups portés
Tympans prêts à exploser
Elle cogne, cogne encore et encore
Ne pas ouvrir
Tu ne l'attendais plus
Il est tard la fatigue grignote
Tu voudrais qu'elle passe
Le temps d'une rive à vivre
Mais elle est là
Ne veut pas attendre
C'est le moment d'en finir
Issue de secours
Délivrance
Dépossession
Obsession
Ouvre, ouvre-lui la porte
Il est temps pour toi
Que l'aiguille te foudroie.

Une Nuit avec la Mort

Bercée, confiante et invitée

Quelle exquise émotion,

Glacée et défiante réalité

C'est la mort qui fait sensation.

Barricadée dans mon corps

Qu'une acariâtre chaîne a enlacé,

Meurtrière est l'aimée, elle mord

De ses dents avides et acérées.

Sortir, courir, se gaver d'air

Sentir la vie jaillir d'un coup

Des larmes pour arme. L'amer

S'attendrit, que c'est doux.

La mort destructrice se gante

Enflamme le parchemin

Sournoise, dans la tourmente

Recouvre la terre de carmin.

Mourir à Tort

Mourir de la vie
Mourir de la mort
Mourir par envie
Mourir à tort
Mais mourir
D'ennui
De la vie
Se punir
Une fois pour toutes
Une fois encore
De tous ses torts
De tous ces doutes
Mourir d'envie
Devant la mort
Devant la vie
Avant l'aurore
Concéder le point
Coup de poing
Violence
Sentence
Mourir de la vie
Mourir de la mort
Mourir par envie
Mourir à tort
Mourir.

PLUIE DE PERLES ACIDES

Pauvre mère, c'est là ma vie
Qu'il te faut désormais pleurer,
C'est dans la mort que je vis
C'est là que je suis claquemurée.

¡ Pauvre mère, que je t'aime ¡
Là-haut dans le ciel mon ange
Te soupire cet unique requiem
Que nul jamais ne te dérange.

¡ Ah, la mort, mon suicide ¡
Ultime remède
Sur ton visage, pluie de perles acides
Je me désagrège dans leur intermède.

Pauvre mère, que tu m'en veuilles
Je le comprends, j'ai disparu
Tu me lis sur cette feuille
Je ne suis plus.

Pauvre mère du bout de mon corridor
Je t'en supplie, pardonne cet ultime caprice
Que je puisse reposer dans mon linceul d'or
Avec l'espoir que jamais notre amour ne périsse.

D'YEUX

Mais qu'elle est l'histoire
De ce Jésus Christ
Celle que l'on raconte
Aux enfants perdus
Aux parents esseulés
Aux vieux qui s'ennuient ?

Qu'on me la raconte
Qu'on ne m'épargne aucun détail
Que je puisse enfin la réciter,
Qu'aucun mot
N'échappe à mon esprit.

Dieu, raconte-moi ce fils
Ce Jésus Christ
Je voudrais tant l'aimer
Moi aussi †
Qu'on me dise
Sa couleur de peau
S'il est plusieurs
S'il est grand
S'il est petit
S'il est vivant

Qu'on me dise
L'endroit où il demeure ?
Qu'on me le dise...

Qu'enfin ma peur
Se dissipe du néant
Comment y croire ?
Comment sortir du doute ?
Dieu, Jésus, les apôtres
Pourquoi ne pas y croire ?

Écarquiller les paupières
Coûte que coûte
Croire en moi ?
Croire ?
Fermement, aveuglément
J'espère que pour cela
Nul n'est besoin d'Yeux.

LE CORPS QUI LÂCHE

Treize années à combattre l'infâme
Celle qui ronge les tréfonds de l'âme
Lutte impitoyable contre le mal-être,
Maintenir entrouverte la fenêtre.

Fin du premier round, je me relève
J'y crois si peu, est-ce que je rêve ?
Ma vie décline sa palette de vers dépolis
Mes cicatrices prêchent la mélancolie.

J'inhale les prières de la terre, sortilège
Sans me douter du prochain piège
L'usure du temps, le corps qui lâche
Terrible morsure, coups de hache !

À sol, tombée, tête contre terre
J'entends battre mes artères
J'attends que le goutte à goutte
Incessant ne me vide de mes doutes.

Qu'on en finisse, je rends les armes !
Qui coule ? Mon sang ou mes larmes ?
Qu'importe, je tire le sombre rideau
Sur l'infâme aux lourds fardeaux !

Morne Balade

Se balader dans la vie
Celle des autres, ennui
Devant l'incertitude
De nos longitudes

Se balader en territoire
Inconnu, un miroir
Une fenêtre sans teint
Sous le lustre éteint

Se balader dans l'oubli
Nuit d'éboulis
La voie lactée pleure
Tourne, tourne mon heure

Se balader dans l'espoir
Se moquer de la mémoire
Rien n'est jamais perdu
Tant que bouge le pendu

Comme un Torrent

La vie comme un torrent
Ça vous emporte
Ça vous déchire l'aorte
La vie comme un torrent.

L'eau glisse
Se débine du syphon
Danse sur les roches lisses
Dévie et se morfond.

L'eau coule
Se jette dans la vallée
En bas elle déboule
Avec l'arbre avalé.

Je vous le dis
La vie comme un torrent
Ça vous emporte
Ça vous déchire l'aorte

La vie
Et en avant !

Leur souffle est mon combat

Écrire et partir
Écrire pour partir
M'enfuir – au travers de l'art
Art – qui me protège
Art – qui me materne
Donne du sens à ma voix
Donne du goût à ma vie
Donne vie à mes pensées
Art – Puissance – Surréalisme
L'écriture, les mots, leurs sens
Le sens de ma vie est dans les mots
Leur souffle est mon combat.
Qu'ils existent
Qu'ils sortent de moi
Qu'ils me procurent de la liberté.

Ci-gît sur des feuillets l'exploit
De mes batailles
Ci-gît sur des brouillons la défaite
De mes lâchetés
Un jour
Je lèverai les bras au ciel

– Victoire –

PORTE II

BAD TRIP EN BROUETTE

La Devise de l'Alcool

Alcool, tu me hantes,

Le peu de gaieté

Que tu me chantes,

Me coûte ma fierté !

Chez Soi

Deux pièces en rez-de-chaussée
Mobilier désuet, cabossé
Une parcelle de jardin
Rempart au vacarme citadin.

Un chez moi, quatre murs
Une fenêtre condamnée, un lit
Une armoire, une table de nuit
Un couloir aux longs murmures.

Lieu abstrait, sans lois ni toiture
Des elfes s'y aventurent,
Instruments de censure
Prise de température.

Un sablier intemporel bouscule mes émois,
S'étire, inflexible ma douleur intérieure,
Lapidée toute illusion d'un chez moi
Je le sais maintenant, il est ailleurs.

°BAD TRIP EN BROUETTE °

Vivre avec l'impression
De ne pas réellement vivre
Vivre la pleine sensation
De ne plus être libre
Quand la pétillante potion
Ne rend plus ivre

Chute brutale
Absolue libération
Inventive, explosive
Transe fatale
Trahison
Voyage sur une brouette
° Oui, c'est chouette °

Quitter le tunnel
Survoler la terre
Écouter la mer
Berner les sentinelles

Bad trip en brouette
Sous la couette.

⍑ J'Y SUIS ⍑

Ici, je ne sais plus qui je suis
Encore moins si j'existe
Résignée je signe et persiste
C'est alors que j'y suis ⍑

Tout de blanc, tout de noir
Que ce soit le jour ou le soir
Amis que la lune éclaire
Ici personne ne désespère.

Chez vous le temps abat-jour
Rend aveugles et sourds
Après tout paraître untel
C'est entrer à l'hôtel.

Chez nous stagne une limite
Ligne étrange qui vous invite
À basculer dans notre intimité,
Dans l'élan de notre humanité.

De quel côté suis-je tombée ?
⍑ Je respire ⍑ J'avance ⍑ J'ai peur ⍑
À la recherche d'une lueur
Je m'enfonce bouche bée

Dans la douleur d'y naître
D'admettre que j'existe
Avec ma plume d'artiste
Je vous écris de ma fenêtre.

¿ Trente Quoi ¿

J'aurai pas trente – & – un
À quoi ça sert ¿ A rien.
Je les aurai pas
J'en veux pas ¡
Rien à faire
Rien à dire
Tout à taire ¡
Je m'en vais rire
Du bleu du ciel
C'est officiel ¡
Quoique je dise
Quoiqu'ils disent
Je les aurai pas
J'en veux pas
Et puis trente quoi ¿
N'importe quoi ¡
Je les aurai pas
Les trente – & – un
Je les braderai au diable
J'lui dirai :
¡ Mais que diable, vous prenez-les
J'vous les laisse pour un rien mes trente – & – un ¡

LABYRINTHE D°ALCOOL

J'avais très soif, alors j'ai bu, tout cru
Aspiré, pompé, absorbé le liquide. Docile
Labyrinthe imprégné d'alcool. Tranquille
Que de veines jusqu'au cœur parcourues

J'ai bu par envie de boire, par déboire
J'ai vidé des tas de verres, de bouteilles
À chaque gorgée avalée, un brave conseil
Défie le long défilé des idées noires

Panacée-placébo aux doux effets
Ceux qui montent à la tête, oniriques
Ceux qui défoncent l'esprit, empiriques
° Réveil au goût asthénique sur le buffet °

La saison des Ronces

Une nuit sans plus de soleil
Une de plus dans la défonce
Une vie broyée par les ronces
Seule, je précipite mon réveil.

Cruelle réalité
Cœur moribond
Être à l'abandon
Foutue éternité !

Sans garde-fou
Pas de trêves
La révolte soulève
Gare à vous !

La lune veille
Sombre la défonce,
Aiguisées, les ronces
Poinçonnent mon réveil.

Bain Sanglant

Je sombre dans un bain de musique
Bercé, le rythme de mon cœur en préavis
S'endort dans le tiède placenta de la vie,
Culbute de rêves amniotiques.

Réalité fantôme, mythe en équilibre
Amphithéâtre d'un monde orgueilleux,
Dans le miroir sans teint de tes yeux
Chaque atome de mon être vibre.

Je n'ai cessé de contenir l'ingénue,
Piégée dans l'antre du mensonge
Malgré tous les vers qui me rongent
Je rêve de ma dulcinée, cette inconnue.

PENSÉES ROUGES

Sensation d'être en cage
De valser entre les barreaux
Avec ma tête
Viser les murs
Éclater ma cervelle
Défoncer le mur
Ne plus rien sentir
La chaleur d'un liquide rouge
La douleur du mur
Délabré
Le crâne en deux
Ne plus rien savoir
Deviner l'horizon…
Du mur ?
Cervelle brisée
Mur intact
La douleur résonne
Embrouille ma lucidité
Me relever
Foncer
Dans le mur
Barricade de mon cœur
L'enfer de mon âme
Sentir
Ressentir la chaleur du liquide chaud
Sur mes joues.

Je ne suis Plus

Je suis
Cet oiseau dans les nuages
Si triste, si sage

Je suis
Ce poisson hors de l'eau
Mal dans ma peau

Je suis
Le chat qui s'endort
Je n'ai pas vraiment tort

Je suis
Une maison sans toit
Je givre dans le froid

Je suis
L'enfant qui pleure

Je suis
Seule
J'ai peur

JE RÊVE DE…BOUT

Que la vie est douce
Près de toi Solitude
Brisées les certitudes
L'enfance qui pousse
L'agonie des adultes
Je rêve de Folie
D'oubli
De schizophrénie
D'un grand lit
– Je suis Mélancolie –
Un espoir surgit
Du fond de l'ennui
De l'abîme de ma folie
– Je rêve de…bout –
Je rêve tout court
Je rêve de mettre les bouts
Je rêve pour…
…Elle
La nuit
La folie
Qu'elle m'entraîne
Loin de mes peines.

_ Sursis Ultime _

Ultime punition

Privée d'émotions

Barricade de mon corps

Garde-corps des sentiments

Châtiment ultime

Mîmes

Sensations

Illusions

Pantin pendu à un fil

Le sursis défile

Sablier concassé

Rêves fracassés

_ Suspendue à un fil

La vie en exil _

Moitié de Lune

Tout est vertigineux dans ce bâtiment
Vision novatrice et expérimentale,
S'illumine la tour de cristal
Page blanche de mon châtiment.

Abreuvés de chimie par autorité
S'amalgament nos rêves et réalités
S'y perdent nos sentiments indulgents
Ils nous habitent, ouatés de détergent.

De ma fenêtre, une moitié de lune
Colore la tristesse de mes nuits
Je n'ai qu'elle pour fortune
Elle caresse mes insomnies.

MOITIÉ PLEINE DE MON OMBRE

Tout envoyer valdinguer

Ratisser ma cellule de ses cendres

Purger mon âme déglinguée

Demi-lune, peux-tu comprendre ?

Je n'peux pas, c'est à peine si j'ose...

Ils scrutent le moindre de nos gestes

S'adresse à nous, s'adresse à ma chose

Gober un boa serait moins indigeste !

Ma lune, moitié pleine de mon ombre,

Je ne supporte plus ces ignominies,

Angoisse, peur, solitude, je sombre,

Sors moi de-là ou de moi s'en est fini !

Larmes en un Soupir

Entrevoir la face dérobée du ciel

Me brûler aux rayons de soleil

Étreindre la lune de mes mains

Creuser dans la terre un chemin

Y glisser mes désirs en sommeil

Atteindre mes étoiles providentielles

M'endormir dans le câlin d'un nuage

Dans les rêves, m'extirper du naufrage

Encore cette folle idée de déguerpir

De monter dedans l'hélicoptère

Rompre le fil qui me retient à la terre

Délestée de mes larmes en un soupir.

De l'Autre côté de la Banquise

Seule perdue dans la vaste banquise
Les icebergs, enceinte impénétrable
Pas même l'ours blanc aux dents redoutables
N'ose graver sur les glaciers sa devise !

Et puis avec le temps, on ne s'y sent pas si mal
On s'adapte, on finit par prendre ses marques
Oubliés télé, infos au goût de matraques
On s'apprivoise les couloirs, longs dédales.

Mot famille, tabou définitivement inhumé
Camisole chimique en guise de panoplie
À quoi bon fouiller dans un esprit ramolli
Quand les médicaments ont un goût de périmé.

Seule, en finir enfin avec tout cette cacophonie
Quitter l'enfer blanc de l'immaculé hémisphère
Laisser à l'ours polaire les dangers mortifères
Quitter la banquise dans une douce symphonie.

Dérive de l'Iceberg

Qu'y-a-t-il de l'autre côté de l'océan ?
J'entends au loin des bruits de la fête
Et même si de près la folie me guette
Je devine ce côté plus beau que le néant.

Rêve ruiné, nonne en un éclat d'ogive,
Son regard aboie, lever de camp !
Moi qui pensais avoir pris mes médicaments
L'iceberg me percute, m'emmène à sa dérive.

Bureau glacé. Trône la mère supérieure
À ses côtés, deux ombres en providence...
Charité suspecte... Explose la sentence,
Sommation : « Ce sont tes tuteurs ! ».

Je leur crache ma haine en pleine gueule
À mes jambes j'accroche mes valises
Fi de la religion, des Dieux, des églises
Que la liberté m'étouffe de son linceul !

GALOP

Vole l'oiseau
Nage le poisson
Serpente le serpent
Galope le cheval.

Dehors grouille, gronde le monde
Jongler avec les maux de ma vie
Mes envies, mes ennuis,
Pensées enivrantes dès minuit.
Les journées se languissent
M'épuisent
S'enlisent
Me détruisent...
Que du gouffre le miracle surgisse...
Plongeon dans un monde de folie

L'oiseau qui vole
Le poisson nage
Le serpent serpente
Le cheval galope

Et le bonheur, il fait quoi ?

Le Caddie

Vous voyez les caddies de supermarchés ?
Vous savez bien, ceux dans lesquels on met
Des sous, une pièce de dix francs nouveaux,
Gavés, aux feux ils émoustillent leurs rivaux.

Bon sang, déverrouillez vos pupilles !
Pourvus de roues, de grillage ils s'habillent,
Un siège flexible aide au ramassage
D'enfants sans parents et pas très sages.

Maintenant stoppons l'horloge, un instant
Imaginez une rue en sens unique qui descend
À pic. Au bout patiente une rivière,
Bon, alors moi qui rêvais de voir la mer,
Eh bien, je suis tout en haut de cette rue,
Oui, dans le caddie, l'auriez-vous cru ?

Là-haut avec mes emplettes. Pour tout bagage
Le désespoir ébouriffé de mon jeune âge.
D'une main ferme je m'accroche au poteau,
De toute mon âme fixe le liquide de facto.

Vous savez ce que je vois, un clocher…
Vous savez ces caddies des hypermarchés,
Vous savez ceux dans lesquels on se glisse,
Vous savez ceux dans lesquels on se hisse ?

Il n'y a plus qu'à se lâcher, il démarre sec,
C'est écrit dessus, la notice est en grec !

Bon alors moi, je suis assise dedans,
Arrimée au poteau je serre les dents,
Moi qui voudrais prises lâcher et tomber
Au pied des montagnes du Tibet.

Divagations et vitesse galvanisent mes émotions
Vous voyez quelle débordante imagination !

Roucoule la Fable

À raison déraisonnable
De sa propre logique
Est irréparable
Et oblique

À raison de raisonnement
Le piège se referme,
Inéluctablement
Se dresse mon épiderme.

À raison de raisonner
Comprendre
L'heure résonnée
L'entendre.

À raisons raisonnables
Et tragique,
Sur l'irréparable
Jeter la brique.

Ainsi résonne ma raison
Arraisonner
Le temps en toute saison
Inverser le sablier.

Ici règne le déraisonnable
Sur le sentier de la folie
Coule, roucoule la fable
Dans le sablier de verre dépoli.

Matin Malin

Ciel bleu, cœur gelé
Journal grand ouvert
Nouvelles entremêlées
Et tape, tape le pivert !

Horloge mendiante
Un pull élimé traîne
Le café s'ébouillante
Et bruits de chaînes.

Poubelles à ras bord
Déchets sur le trottoir
Éboueurs à tort
Gaz nocif en pourboire.

Des passants sans but
Une chaussure gueule
Le pigeon chahute
Et se meurt le tilleul.

Pluie acide sur l'asphalte
Un rat désœuvré s'arrange
Un nuage solitaire exalte
Et s'envole la mésange !

Le Torchon Sale

La vie c'est comme un torchon qu'on ne lave jamais,
T'as beau essuyer avec, ça reste sale et ça salit !
La vie
Comme un torchon sale,
S'ennuie,
Animal apeuré
Caché dans la forêt.
La vie, c'est fureter
Longuement en soi.
La vie, coup de torchon sur mon enfance,
Dommage ça m'aurait plu de l'épousseter,
Moi qui n'ai jamais cru
Que la vie, c'est comme un torchon sale
Qu'on ne lave jamais,
T'as beau essuyer avec, ça reste sale et ça salit
La vie !
Je ne mange pas,
À quoi bon salir un estomac
Qui ne veut plus s'avilir.
Je ne mange plus, à quoi bon,
Y'a rien de bon
Le passé,
C'est comme un torchon sale qu'on ne lave jamais,
T'as beau essuyer avec, ça reste sale et ça salit.

DERNIER VOYAGE

Et vole le pigeon vole
Sur des éclats de nuage,
Ailes déployées en ramage
L'esprit libre il cabriole.

Mille façons de lire la bible
Prière au-dessus du Gange
Cierge aux pieds de l'archange
Reliques prises pour cible.

Ailes repliées
Auprès de la rose
Paupières closes
Il semble prier.

S'envole le pigeon vole
Au-dessus, suspendu,
Sans dévotion, entendu
Qu'il est mort en plein vol.

PORTE III

ARRÊT SUR IMAGE

Regret Amer

J'aime l'Enfer

D'où je viens

Il me manque

Quand je pense à la terre.

Dernière danse pour les Larmes

En revoyant le jardin de son enfance

Des larmes ont coulé sur son visage,

À jamais enfouis dans ces paysages,

Les secrets programmés de l'obsolescence.

À jamais noyés dans ces paysages

Échoués sur le rivage

En une dernière danse

Les secrets perdus de mon enfance.

DÉCHIRURE

Mon enfance

Quelques fragments de photo en suspend dans ma mémoire. Les reconstituer en un tableau, puzzle démantibulé de mon histoire. De mélodies en berceuses fredonnées et rêveuses, préambule de l'existence.

Personne

Héroïne de bande dessinée, de sa bulle endormie en coups de crayon assagis, elle s'échappe de la réalité. Où est passée mon enfance ? À qui appartiennent ces croyances ? C'est ma mémoire qui déraisonne.

Grandir

Naviguer dans le monde des adultes, de leur bouche avaler leurs cultes, les ingérer, une insulte ! Regarder briller l'aurore dans l'obsession de porter leur couronne. La peur de devenir une personne dans le miroir fracassé d'une image à maudire.

Adolescence

Au fond de moi me torturent mes quinze ans, une déchirure souffle mes vingt ans. Ne plus grandir, ne plus souffrir, retourner en enfance.

__ ARRÊT SUR IMAGE _

À quatre pattes sur mon père

Le faire taire

Ses gémissements l'exaspèrent

Les faire taire

_ Arrêt sur image_

Ma mère est folle

Mon cœur s'affole

Mariage qui s'écorce

L'amour qui divorce

Famille en faillite

Écroulé le mythe

_ Arrêt sur image_

Vous vous aimiez

Vous vous déchirez

Contrainte au silence

_ Arrêt sur image _

Je vous balance

Déplorables parents pas rentables

Coup de poing sur la table !

UNE FEMME DE PASSAGE DANS MA VIE I

FAMILLE

Famille, un mot, une sensation, un vestige
Après qui je cours depuis mon enfance.
Elle vogue dans l'air, fleur fragile et sans tige
En quête d'une perpétuelle reconnaissance.

Famille, une gifle, un coup de cravache
Matin, tic-tac, clic-clac, cloche me réveillent
Obsédées, les aiguilles de l'horloge crachent
Leur haine à mes nuits dénuées de sommeil.

Un jour, une femme de passage dans ma vie
Titanesque pied de nez à la chaise bancale.
Arrimées à la banquise, silence en sursis
Croches, noires ou blanches, pause musicale.

Famille, longtemps j'ai cherché tes lettres
Dans l'alphabet désordonné de ma jeunesse,
Semelles usées par des milliers de kilomètres
Se mêlent à la poussière des étangs de tristesse.

Avec des inconnus, j'ai tenté l'expérience,
Infligé au mot famille mille synonymes.
Fausse route dans le sillon des turbulences
Où, à l'évidence règne le spectre du patronyme.

Famille, un mot, une sensation. Le vestige
Convulse au cimetière des jouets cassés,
Tombeau-totem de souvenirs où s'érigent
Les sept lettres d'un simulacre fracassé.

UNE FEMME DE PASSAGE DANS MA VIE II

ABANDON

LUI.
A-t-il encore un prénom ?
Plus aujourd'hui, non
Puis
Il est devenu ce puits
Profond
Sans fond
Plus d'étoile dans ma nuit.
Une femme
Une étoile dans ma nuit
De passage dans ma vie.
Rame
Une rame pour avancer
Un bateau
Mon berceau
LUI, il l'a transpercé.
Coule
Un regard sans pitié
Sur ma coque fissurée.
Croule
Demain, seul, sans foi
Amer
Ton désert, père
Dans ton cœur aux abois.

UNE FEMME DE PASSAGE DANS MA VIE III

LÂCHETÉ

Pitoyables médisants
Méprisables et suffisants
Taisez vos vocalises
Cessez vos offensives.

Acte de présence
Preuve de clémence
Voilà ce qu'il vous reste
Voilà que je vous déteste.

Une femme digne
M'a fait un signe
Une femme de passage dans ma vie
M'a donné son avis.

Se fondre dans le décor
Jeter un sort
Sur les fantômes du passé,
S'en débarrasser.

Une Femme de Passage dans ma Nuit

Et une femme de passage dans ma nuit
Avec sur elle la longue corde d'un puits
Avec sur elle l'espoir d'une autre vie
Et une femme passa au-dessus de mon nid.

Elle a remplacé ceux qui n'ont pu l'être
Et même ceux qui m'ont vu naître
Elle a réinventé le mot famille
Avant que ne m'atteigne leur torpille.

Elle fut la seule étoile de mon ciel
M'a protégée de son bouclier arc-en-ciel
Acharnée, elle s'est battue contre moi
Ma folie, tout ça pour que j'y crois.

Et une femme passa au-dessus de mon nid
Avec sur elle l'espoir sincère d'une autre vie
Avec sur elle la corde cassée de mon puits
Et une femme illumina toute cette nuit.

Grotesque Farce

La vie n'est qu'une grotesque farce...
Qu'il me plaît de l'incendier, la garce,
Avant qu'elle ne jette sur moi son givre
D'elle, j'exige qu'enfin on me délivre !

Qu'avez-vous fait de ma jeunesse ?
Fallait-il même que je naisse ?
À ma naissance vouliez-vous une fille ?
Que saviez-vous du mot famille ?

Quel prénom me vouliez-vous ? Fabien ?
Père, quand serez-vous le mien ?
Sans soif, je m'abreuve de votre indifférence,
Vos réponses... une éclipse à mon errance.

Ma conscience déclare ce préavis
« Nul besoin d'un père dans la vie »

Explosion de dynamite
Jet de larmes interdites,
Elles coulent pour ce père
Que tant je désespère.

Macabre Horizon

Votre seul souhait, que je me vautre !

Et ce sang qui coule dans mes veines

Nierez-vous aussi qu'il est le vôtre ?

Vous me laissez-là en pleine déveine...

Garçon manqué, fils de vos rêves,

En vain une guerre sans plus de trêves

Tant que j'ai fini par en oublier qui je suis

Une décennie que votre ombre me poursuit.

Au loin se dessine un macabre horizon

Où se meurent les espoirs en toutes saisons

Serait-ce là mon unique échappatoire ?

Serait-ce seulement là, la fin de l'histoire ?

EMPOISONNEMENT

Réalité dangereuse d'empoisonnement
Simple métaphore poétique
Embellir quelques vers, ornements
De l'expression d'une rage despotique.

Réalité sordide de la rage haineuse
Sans aucune pitié pour sa victime.
Que nul remord de l'empoisonneuse
N'atténue la vengeance de ces rimes.

Après mille millénaires de blessures
De mots âpres et râpeux du vautour
L'âme dépassée, brisée l'armure
Lapider en plein vol ce discours.

Souvenirs d'antan sans euphorie
Images du père de mon enfance
Anciennes souffrances endormies
Le temps de sa longue absence.

L'Empoisonneuse

L'enfant que j'étais le chérissait
Dans ses bras m'endormir
Sur ses épaules me hisser
À genoux quémander ses sourires.

Le soir il nous jouait de la guitare
Chantait, heureux et triomphant
Du petit lait, un véritable nectar
Dans le cœur de ses deux enfants.

Mon père, rêve d'un unique câlin
Le père de mon enfance, un malin
Repère éphémère et imprévisible
Que le temps a rendu invisible.

Ne subsistent que des larmes
Aucun écho sur mon chemin
Je ne l'espère plus, je désarme
Je ne le pensais pas si inhumain.

Le temps de toute peine accumulée
Arsenic, venin ou toxine haineuse
Moi qui le croyais de neige immaculée
Je suis devenue son empoisonneuse !

Cœur Fantôme

Ce n'est qu'à l'aube d'un matin
Que j'ai découvert la réalité
Bien triste de mon cœur éteint
Seul un fantôme pour le hanter.

Horizon enrayé de silence
Volutes de lune rayées d'ennui
Souvenance de la trouble nuit
Broyée a été mon adolescence.

Assénés coups de tonnerre
Étouffées mes croyances
Réveillées mes souffrances
Volatilisé, ce papa imaginaire.

Photos triées, résignées
Souvenirs datés, alignés
Mon fantôme sur le parchemin
De sa plume, attrape sa main.

Crois-Moi

TOI, MOI ET ELLE...
Jamais en ce dimanche quinze décembre
Je n'aurais pensé que le soir venu
Je m'endormirai à l'hôpital
Jamais ce dimanche-là ou bien un autre,
Un rendez-vous guettait
Six semaines d'hospitalisation.
Jamais en ce quinze décembre je n'aurais pu croire
Que pour la première fois en dix ans
Elle serait baptisée Dépression !
Depuis longtemps
Différente des autres,
Tout sauf malade

DEPRESSION - DEPRESSION - DEPRESSION

Un mot qui hante mes nuits
Poursuit son agression le jour

DEPRESSION - DEPRESSION - DEPRESSION

Alors parfois je doute
Mais non pas malade
Le lendemain je suis malade d'être malade
Dévorée de tourments intérieurs
Crois-moi, moi-même je les redoute...
Se débattre contre un fantôme
Lui me voit
Moi, non
Combat acharné, inégal
Dix ans où
Bien des fois j'ai hurlé au secours
Dix ans où
Cette saleté en parasite joue les incrustes
Jamais, je n'aurais cru tout ça, jamais
J'aurais tant aimé qu'il en soit autrement
Crois-moi, au moins tout autant que toi...

Papa...

Le Gouffre

Dérive

Horizon

Souffrances

Désespoir

Sans bouée

Pas un signe

Pas un appel

Me noyer

Plusieurs fois

De tasses salées

Engloutie par ton silence

Le temps passait

Tu t'éloignais

Je m'enfonçais

Brisée

De l'intérieur

Échos sans retour

Enterrés

Ascension du gouffre

Preuves en images

Cicatrices en ramage

Silencieuses, éloquentes,

Destruction imminente

Dépression

Tueuse invisible

Dix ans ont passé

J'ai appris à vivre

J'ai appris à te survivre

Vois en cet amas de débris

Une clef pour m'apprivoiser.

L'Homme à la Guitare

Trente ans déjà
Des S.O.S je te lançais
Sourd, tu l'étais déjà.
Je me souviens
De ces glouglous glacés
De cette peur qui me terrassait
Celle de te perdre déjà.

Enfants tu nous berçais
Avec des accords de guitare
Nous nous endormions tard
Tu te souviens ?

Au fil des rimes du passé
Remontent enlacés
Des sentiments verglacés
De souvenirs entassés
Fracassés.

Mise à Nue

Par effraction

Entrée dans ta bulle de tranquillité

Un vieux portail condamné

Des cicatrices enrubannées

Bafouée est la vérité

Par effraction

La tienne prédomine

Un père dont la fille n'est pas digne

Par effraction

Mise à nue

Écumés les souvenirs

Perdu le sourire

Cordon rompu !

ÉCLOSION

J'ai envie de plaire, de me plaire,

Apprendre à aimer, à m'aimer.

Caresser les alvéoles de la terre,

Chaque fleur, humer.

Semer la tendresse dans l'hiver

Goûter la saveur des larmes

Respirer le sable du désert

Rêver et voir s'envoler mon âme.

Une seule goutte de pluie

Suffit à fertiliser la terre,

Bâillonner le parapluie,

Saisir la fleur du cratère,

Que cela soit pour une seconde,

Une heure, une nuit, une saison,

La terre en une ronde

Danse à en perdre la raison !

FUREUR

Fureur de vivre ou de mourir ?
L'essence de la vie m'échappe
Quel chemin choisir ?
Par quel bout dois-je le brûler ?
Son commencement ?
Son terminus ?

Danser avec les mots
Balancer mes maux
Vivre pleinement
Balayer les regrets
Liquider les chagrins
Qui détient la solution ?
La vie
Boule à facettes
Jongler avec les mots de la vie
Un chemin
Pour me connaître, pour m'aimer, pour Aimer
Chemin de la fureur de vivre avant de mourir !

ÉPITOMÉ

¿ LES CLEFS ?

Ce jour-là, Matin malin
« Ni Regret amer Ni serrure ni issue »
Roucoule la fable sur Le torchon sale,
À tort ou à raison La montagne a sa raison.
Ma vie
Arrêt sur image
Déchirure
Maladie mélodie.
La Grotesque farce menace
L'empoisonneuse d'Empoisonnement.
Mourir à tort
Morne balade, sur Le caddie
Je rêve de…bout
De Galop, de Bain sanglant
De Pensées rouges !
Trente quoi ?
Cœur fantôme
L'homme à la guitare…
Crois-moi
Dans ce Cruel voyage
Au bord, Le gouffre
Triste aurore
Bad trip en brouette.

La dame en blanc
Larmes en un soupir,
Une femme de passage dans ma nuit
Moitié pleine de mon ombre.
Comme un torrent
De pluie de perles acides
Le corps qui lâche.
Chez soi… J'y suis
La saison des ronces
Devise sur le Labyrinthe d'alcool
À la Dérive de l'iceberg.
De l'autre côté de la banquise
D'yeux,
Le jugement
Sursis ultime
Sous une Moitié de lune
Une nuit avec la mort
Tristesse et larmes
Macabre horizon
Je ne suis plus.
Mise à nue
Éclosion de la Fureur
Dernière danse pour les larmes
Chant de la vie
Un dernier voyage
Voyage des maux
Leur souffle est mon combat !

PORTE I

<< Ni serrure Ni issue >>

PORTE II

<< Bad trip en brouette >>

PORTE III

<< Arrêt sur image >>

De quoi pourrait bien rêver un auteur ?

Écrire, c'est certain et même la nuit
Ou au petit jour, quand le soleil se fait insolent
Mais plus encore, parce qu'il doute nuit et jour.
Alors son plus grand rêve est celui d'être lu,
Et encore plus fou, celui de plaire !
Alors vous l'imaginez, vos retours
Sont ses plus beaux cadeaux !

Alors si vous avez aimé ces mots,
N'hésitez pas à laisser les vôtres
Sur les plateformes et les réseaux !

Retrouvez-moi

VMargyParEffraction

vmargyauteure

v.margy.auteure

Contactez-moi

v.margy.auteure@gmail.com

Boutique en ligne :

https ://v-margy.sumupstore.com/produits

REMERCIEMENTS

Merci à vous, qui de votre œil averti avez plongé dans ce gouffre aux parois insondables... peut-être aurez-vous entendu ces cris aux aigus redoutables ... peut-être aurez-vous, vous aussi perçu cet appel à la vie...

Anne-Catherine Favier un rayon de soleil qui seule a pu franchir les barbelés de mes mots, délivrer de la faux mes maux. Merci Anne-Catherine de m'avoir accompagnée tout au long de la réécriture de ce recueil avec bienveillance, empathie sincère et amicale et bien plus encore.

Sans vous tous et toutes, rien n'aurait été possible

MERCI INFINIMENT

Et maintenant, comment ne pas vous présenter l'amie, une artiste de talent... voici sa biographie :

À 12 ans, lors d'une représentation théâtrale, Anne-Catherine Favier comprend que c'est l'art qui lui permettra de s'exprimer.

Formée au conservatoire pour le Théâtre, puis à la Méthode Martenot atelier V.Griffon pour la peinture, sa quête est celle de laisser s'échapper du magma profond et intime des paysages chaotiques d'où jaillit la lumière.

Depuis 25 ans, elle accompagne des jeunes en situation de handicap, magnifique moment d'échange et d'évolution réciproque, notamment au niveau de l'adaptation donc du lâcher prise, qui est à la source de son travail.

Elle expose régulièrement en France (Galerie Mona Lisa, Artitude, Salon Carrousel du Louvre...) et à l'étranger (Mövenpick à Genève, et notamment en Chine, où elle tisse des liens particuliers lors de ses expositions à Shanghaï, Pékin, Shenzhen, Dongguan...) ce qui a permis à ses toiles de rencontrer plusieurs collectionneurs.

Ce lien avec la Chine se développe également en France avec le Centre Chinois d'Aunay et la galerie Xing Hua à Paris. Elle est adhérente à la Maison des Artistes ainsi qu'au collectif de La Condamine.

En octobre 2022 et mars 2023, elle retrouve le salon art Shopping Carrousel du Louvre et exposera à Doha au QIAF Qatar International Art Festival.

Autres parutions :

PAR EFFRACTION - Tomes I et II – mars 2023

Roman autobiographique

4ème tome I

À l'ombre sous l'auvent, deux sièges enfants sont accolés. Chacun est assis dans le sien. Je ne marche pas encore. Tête négligemment penchée, il sourit de mes grimaces. Son bonheur fait le mien. Écrire un livre sur notre histoire, celle d'une complicité sans failles, de notre amour inconditionnel que même la mort n'ébranle pas. Comment pourrais-je alors imaginer un seul instant qu'au bout de cette histoire, c'est mon propre reflet qui va se dévoiler dans le miroir ?

Et si à votre tour vous rentriez PAR EFFRACTION dans la vie singulière de cette petite fille sage, trop autonome, ricochet d'une recommandation abracadabrante reçue par ses parents : « Ne restez pas sur un échec, faites un deuxième enfant ! » ?

4ème tome II

« Ce roman autobiographique n'exprimera pas seulement les raisons de mes colères, des rancœurs ravivées ici, en Normandie. Je dois, avant tout, trouver une solution pour survivre à l'absence d'Henri. J'ai besoin de partager le destin de notre famille, bousculé par l'arrivée du handicap, et sortir du silence les dommages collatéraux causés aux fratries. Alors, oui le passé appartient au passé, cependant il est indispensable pour comprendre le présent. »

Nul n'est besoin d'une biographie, tomes I ou II, l'auteure vous invite à entrer PAR EFFRACTION dans sa vie sans filtre !

Pour commander vos versions dédicacées et /ou numériques :

https://v-margy.sumupstore.com/produits

ISBN : 978-2-9587294-5

Dépôt légal : octobre 2023

Crédit images 1ère & 4ème de couverture

d'après le tableau 100 x 100

« Octobre » d'Anne-Catherine Favier

https://www.annecatherinefavier.com

www.ingramcontent.com/pod-product-compliance
Lightning Source LLC
LaVergne TN
LVHW010454160826
845677LV00012B/2484

* 9 7 8 2 9 5 8 7 2 9 4 5 5 *